當我提筆寫下你
你就來到我面前
張曼娟

自序

# 當我提筆寫下你 你就來到我面前

不知從什麼時候開始，提起筆來偶爾會有小小的遲疑，這個字是這樣寫嗎？曾經，我是那麼愛寫字的人，年少時和好友的通信；後來的一封封情書；在稿紙上爬格子的日常；教書時寫滿又擦掉的板書。然而，鍵盤的敲打漸漸取代了握筆寫字，不知不覺，彷彿與字生疏了。喚它前來時，不知是它彆扭了，還是我情怯了，就是有那麼一點格格不入。

然而，字是有魔法的，法術施行時的咒語，不都是手寫的嗎？哪怕字跡潦草到不可辨識，仍有著伏妖鎮魔的力量。

小時候學寫字，是爸爸把著我的手，一筆一畫教的，從漫天烽火的戰亂中活下來的他，雖然只有小學五年級的學歷，卻寫得一手遒麗工整的字體，因此，對於孩子寫字這件事，是很要求的。為了家庭離開職場，成為專職主婦的媽媽，除了連絡簿和成績單簽名以外，很少有機會看見她的字，她總是謙和的說：「媽媽的字不好看，爸爸寫得好，你們要像爸爸。」但我曾在抽屜裡翻出一冊家庭記帳本，空白處寫滿了媽媽的創作，那是一個家庭主婦與水果小販之間的故事，看似瑣碎卻細膩，只是沒有寫完，到底是被什麼耽誤了？有時想到頗有能力的媽媽，明明在職場上悠遊自得，卻必須放棄一切，回家當個主婦，就像那篇永遠沒有結局的故事，總有著莫名的悵惘。

寫字更神祕的地方在於，家裡每個人的字體都長得不一樣，雖然是爸爸教出來的，卻不像爸爸，也不像媽媽，我的字體是我自己的創造，既非遺傳，也不可複製。看熟了的字體，就像熟識的臉孔，一眼就能認出來。小時候大家都喜歡寫字，除了作業本和考卷，也在電線桿、牆面和廁所裡寫字，連公車座椅上也用各色原子筆寫下誰愛誰之類的短句子，偶爾還能看見兩句詩。校園和遊樂區的樹身，常被磨光了皮，畫上一顆心，圈住兩個名字，與一個天長地久的願望。我從沒在樹上寫字，因為我愛情人，我更愛樹。

情人有時會離開，樹永遠在那裡。

其實不只是情人，我們在人生道途上走著走著，與某些人的距離漸漸遠了，遠到望不見也觸不著，只剩下書寫。嘿，好久不見了，你好嗎？

「你」，寫下這個字，我停筆許久，記憶的寶盒忙著開啟翻查，你的樣貌如此清晰，彷彿來到我面前，那雙盈滿笑意，飽含情感的眼睛，雖然經過許多歲月，被許多挫折痛苦磨礪，卻仍是那樣年輕，不疑不懼，堅定信仰著一切你所相信的。而我感覺自己已經被現實所擊倒，埋進了理想的瓦礫堆，還能繼續握著筆寫下去，是唯一的救贖。

於是我一個字一個字的寫下去了，呼取著每一個美好的往昔，也把自己帶到充滿希望的明日。

# 目錄

# 當我提筆寫下你

——你就來到我面前

# 寫字・符

以前的人常常提筆寫字，現在的人往往提筆忘字了。

當鍵盤或平板全面取代紙與筆的書寫之後，寫字會不會也變得像是一種古老的技藝那樣，只在少數人之間祕密流傳？

然而，一筆一畫的書寫，於我而言卻有著強烈吸引力。

我想像著在亂世的殺伐，遍地的苦難中，一個年輕的讀書人，趺坐在半頹的寺廟中，虔敬的抄經，一卷又一卷，工整俊逸的字體，濃淡正好的墨色，專注的寫著。縱使寺外風雨飄搖，猛獸與山魅哽咽悲鳴，但他不為所動，就這樣心無旁騖的度過整個夜晚。

當曙光乍現，風雨停歇，喧囂俱寂，抄經人抬頭，看見窗櫺停著一隻五色鳥，驀然感動，覺得自己的經文抄寫能安息那些焦躁的亡魂，是一帖為眾生除厄運的平安符咒。

而我在紙上書寫，細微的磨擦聲響，像一次又一次的打火石，燃亮了每一個美好豐盈的瞬間。

比起一個人的長相和聲音，字跡是更隱密的身分。

我們和某人相識後，和他吃過幾次飯，聊過長長的電話，併肩久久的散著步，卻還沒見過他的字。

心裡有小小的搔抓，啊，好想知道他的字長什麼樣子呀。

直到某一天，突然接到他的信。

拆開來讀，有時是小小的悵然，有時是大大的驚喜。

原來，這就是他的字。

雖然我們都是打字之人了，所幸仍願意給彼此寫信、卡片與明信片。

這樣的書寫，是一種貼近，是望著你的眼睛跟你說話。

對我來說，無比珍貴。

你還寫信嗎？

還能收到信嗎？

如果有一天，郵局真的消失了，對你有沒有影響？

我想，我得養隻鴿子了。

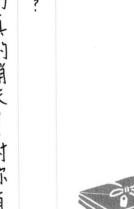

# 爸爸、媽媽和我

爸爸、媽媽和我，就是家的形狀。

原本以為長大以後，我會有自己的家，於是便會以「從前的家」和「現在的家」作區分，沒想到單身的我就這樣和父母一直一直住在一起。

我們的家隨著父母的年老，正在產生變動，有些突如其來的情況，是身為小說家的我也無法想像的，辛苦有時，感傷有時，無論如何都要走下去。

不管多麼艱難都要彼此守護，相互支持，哪怕這個家不可能生生不息，註定要消失解離。

家庭的意義與價值，可不是傳宗接代，而是愛。

不管是三年、五年，六十年、七十年，只要彼此相愛，就是一家人。

媽媽在她生日那天生下了我，但因為她過的是農曆生日，這巧合幾年前才真相大白。

二十歲之前的我，是一個無用的廢物。

三十歲後，逆勢上揚漸漸成了人物。

希望有一天，媽媽會覺得我是上天給她的一個珍貴禮物。

值得她為我吃那麼多苦。

即將出遠門一陣子，特地在家裡和爸媽吃晚飯。

媽媽已經燉了湯，整治了兩樣菜，比他們平常吃的豐盛許多，爸爸卻一直說不夠不夠。八十幾歲老人一下子就不見了，原來去小餐館買了我喜歡的幾樣小菜。

「菜太多啦。」我說。

爸爸頭也沒抬，拿起筷子對我說：

「吃吧。」

他的耳聾了，行動也不是太靈活，但他執意照顧我，用一個爸爸的方式。

這些細節照亮我的生命，使我知足感恩，願意當一個比較好的人。

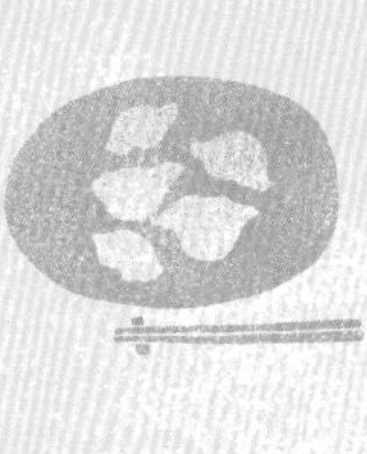

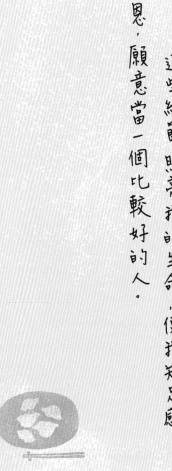

父母開始上養生練功的課，為了怕給我添麻煩，他們總對我說：「什麼都不要管。妳忙妳的。」

我想到小時候，學彈琴、跳舞和補習，當時的父母正為了生活忙到焦頭爛額。但他們總會接我放學，從來沒有抱怨過。

長大後已經在大學教書，夜間部下課，搭公車回家，遠遠就看見雨夜裡撐著傘在站牌下等待的身影，必定是我的父親或母親。

在沒有手機的那個年代，他們可能已經等了幾十分鐘。因為我是女兒，他們永遠不放心。

看見我在門外等待，放學的父母覺得很抱歉。

但這次我不聽他們的，就是要接父母放學回家。他們是這個世界上給予我最多的人，而我的回報最少。

爸爸住了一段時間的醫院，而後回到家。彷彿是病體痊癒，但他自己說：「醫生能醫病，卻醫不了老。」

我們無言可以勸解，因為這是事實。只能陪著他坐在窗前，看著幾隻白鳥飛向藍天。

家裡變得好安靜，也好空洞，沒有笑聲，也沒有歡樂。

時鐘每根針的挪移，都令人不安。

媽媽洗好了的，我和爸爸的衣裳，
因為變天了，就晾在浴室裡。陽光照著，
兩件緊捱著的黃色上衣。

不知為何，一陣酸楚的柔情突然湧起。
高齡父母與大齡兒女的相依，每一日
都不是理所當然的，而是奢侈的幸福。

不下雨的晚餐後，是我們的散步時光。我牽著的並不是我的孩子，而是我

年老的父親。他一直都比我高，這些年卻愈來愈矮，走路愈來愈緩慢。

我的巨人不知道從何時開始，變成了我學步的小孩。

我知道健走對我的健康更有幫助，但是，放不開我的手。不管現在做了多少，有多麼努力，未來回想時，一定會覺得自己做得不夠多、不夠好，不夠。

家有高齡父母的大齡兒女，大概都有
在醫院侍病的經驗吧？
待在急診室的那一夜，我直挺挺坐在一
張椅子上閱讀，在此起彼落，永無休止的
呻吟聲中，讀到張愛玲的句子：
「長的是磨難，短的是人生。」
突然遍身寒意，抖瑟起來。

已經很久沒跟父母一起旅行，常常忘記媽媽八十歲，爸爸也要九十了。

媽媽走得吃力，我常去牽她，但一會兒就發覺，她的手又被爸爸牢牢牽住。

牽了五、六十年，已經很習慣了吧。

我想，我對這世界的留戀，正在於此。

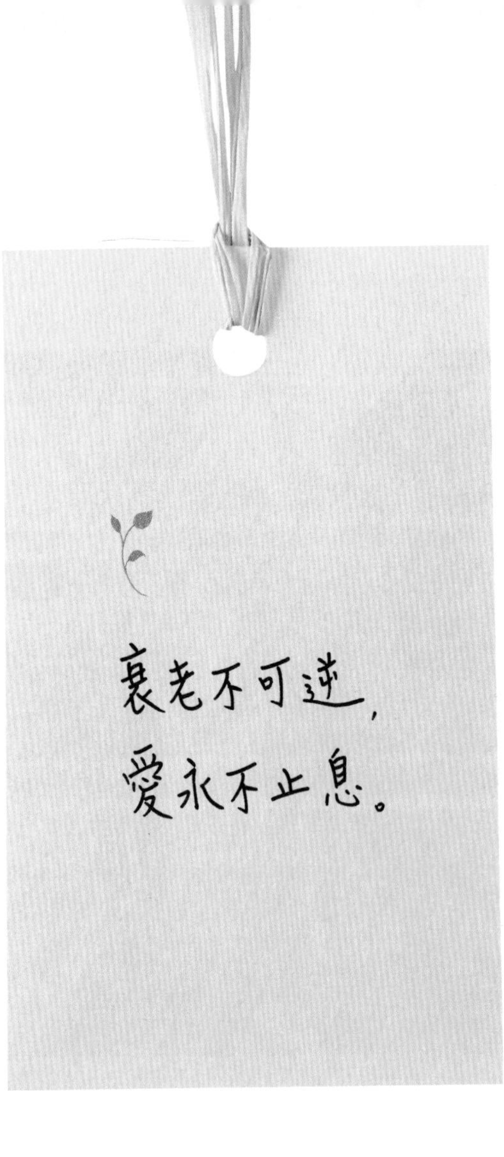
衰老不可逆，
愛永不止息。

看見了碩士班畢業典禮的舊照片，不知為何執意要穿旗袍，其實根本沒有穿旗袍的條件。粉紅色的旗袍是媽媽為我縫製的。

媽媽十三歲就離開家，幾番輾轉來到台灣，她從沒學過裁縫，卻幫我和弟弟做過許多衣服，不管想要什麼，「媽媽做給你」。

從畢業舞會的洋裝到舞台劇演出的戲服，媽媽，是我生命中第一個仙女。

小時候我不怕黑，也不怕孤獨，因為媽媽說每個孩子身後都有兩個天使在守候。除非你做了壞事，動了壞念頭，天使會流淚，傷心的飛走。

長大了才知道，天使就是我的爸媽。

他們流淚也不飛走。
我發誓不做壞事，也不動壞念頭，請
把天使留在我身邊，長長久久。
可以嗎？

二十九歲那年拍攝了博士畢業照。

然後突然有些茫然，覺得人生需要重新定位。「博士照都拍了，接下來是婚紗照囉」朋友們、長輩們都這麼說。

婚紗照從來沒拍過，但是，一直感覺很幸福。

我認為成就啊、幸福啊，都不是別人嘴上說的，而是我們心裡真切感覺到的，因為要跟自己過一輩子的，終究還是自己。

如果有人說我是「盛女」，我欣然接受。

若有人說：「妳是沒人愛的可憐剩女」，也無所謂。

我知道我是什麼人，那樣的標籤貼在身上，我一走動，它就掉下來了。

在海德堡古堡俯瞰晨光中的城市，一直是暗沉沉的雲，灰濛濛的天空。忽然，一瞬之間，陽光從雲層後投射而出，照在我身上。

在我們平庸瑣碎的生活裡，只需要那瞬間的光，就能感到振奮。

然而，一直等待不知會不會出現的光，不如當一個可以給出光的人。

夜夢中遇見一位久違的朋友，他問：
妳過得好嗎？
我很好。人到中年還可以到處趴趴
走；和喜歡的人們一起工作與生活。
別人的渴望不見得是我的追求，打破
所謂的規則，用自己的方式過日子。
這樣的我，再無所求。

婚姻沒什麼不好，但婚姻不是每個人都想要的人生選項。只有將婚姻與單身同時並列為選項，我們才能真正看清自己想要的生活。

不再因為被舊傳統壓得喘不過氣，匆促做成結婚的決定。

而此刻我選擇單身生活，同時探測著靈魂的完整與獨立。

香港輕鐵有一站叫做「蝴蝶」，有陽光的那個午後終於到訪。
其實沒什麼特別好看的，卻聽見滿耳的鳥鳴，彷彿與鳥同行。

在蝴蝶站懷想自己曾像蝴蝶停在某個人的掌心，被小心翼翼凝望著，而後隨著一陣風飛走了。

「如果拆掉翅膀，妳就不是蝴蝶了。」他說。

於是，我一輩子都在飛翔。

# 戀愛這件事

年輕的時候，只怕愛得不夠深，愛得不夠熱烈，不顧一切去愛，毫無節制的愛，愛到遍體鱗傷，心灰意冷。

多年以後才領悟，戀愛其實是愛自己的無限延展。

一個不愛自己的人，會在戀愛中渴求太多，進退失據，把愛變成枷鎖，銬住自己與戀人。

懂得愛自己的人，才能從容自由的給予和領受，享受戀愛中每個甜蜜愉悅的片段，就連分離與思念，也是哲學的美，同樣珍貴。

沒有網路的年代，我們手寫情書，向彼此傾訴情意。

從寄出信的那一刻起，就默默等待著回應。並不知道這封信能不能抵達戀人的手中？讀完信的人會有怎樣的反應和心情？

他會不會回信？

也許飄洋過海的信箋，要等候半個多月的時間，但我們都能等，等待使一切變得悠長，使情感變得從容而淡定，使愛更貼近自己的心靈。

不愛我的，我不愛。

因為愛我的人才能接受真正的我，有優點也有缺點的我；不用假扮別人的我。

因此，我只能同愛我的人相愛。

我得接受全部的他，才是完整的愛情。

在我的世界裡，沒有「愛人」或「被愛」的選擇，只有「相愛」的等待與追求。

哪怕很愛一個人，也要保留住自己作主的權利，因為，沒有人會長久的愛戀著一個不能為自己作主的人。

那樣的人缺乏個性，是隨時可以被取代的。

不如現在就告訴他：

我愛你。

你對我非常重要。

當我們意識到自己的孤獨與寂寞，便會想要妄動，就像愛情本身，其實就是一種妄動。

但如果我們無法面對自己，面對與生俱來的孤獨與寂寞，便會在愛情裡要得太多，要到對方無法負荷。

那麼這段愛情，註定是要失敗的。

我們意識到自己存在的價值與美好，
往往是從我們決定去愛一個人開始的。
體會著在愛情裡，可能要面對的荒
涼與虛無，同時又領略著愛的壯大與豐盛。

不要再問（付出）愛值不值得？
愛的本身就是快樂。
一朵花奮力開放，不問值得不值得。
一條魚努力洄游，不問值得不值得。
如果你以為愛是投資，一定要有豐厚的獲利，
請左轉出場，謝謝。

愛著如果快樂，那就去愛；
愛著如果痛苦，快點離開。
我沒有更婉轉的說法了。

年少時，自己一點也不重要，最重要的是心上的那個人。
於是，心上人的微笑，令我們無比雀躍幸福；心上人的憂傷，讓我們反覆琢磨。
從什麼時候開始，我們告訴自己也告訴他人，沒有什麼人比自己更重要；沒有什麼事比愛自己更必要？

當你愛上我之後，

我才一點一點愛上自己。

愛上自己的我，

面對你的愛，不再患得患失。

當我們像參禪那樣淡定的描述著情感經歷，也能雲淡風輕的說出：「得之我幸，不得我命。」這樣的話語。

我們覺得生命的境界已經提昇。

我們以為自己晉級為愛情的智者，但其實我們徹底失去了，身心靈都沉浸在愛情裡的絕對與純粹。

未完成的愛，

其實是最美的。

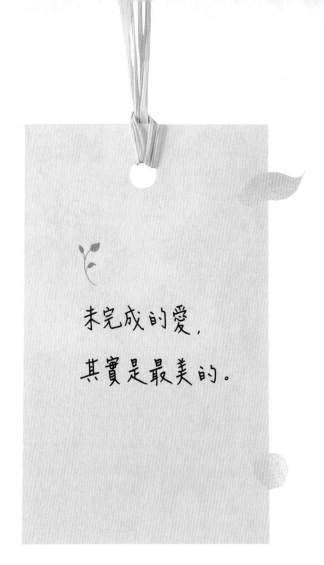

我一直這麼相信著，
也許不是最好，
卻是最美。
當我這麼想著的時候，
所有曾經交會而又錯過的愛情，
都有了獨特的意義，
都值得感激。

TSUTAYA

這麼多人，來來往往，
都有自己的目的地，
撐起傘來，
像一片洶湧的海。
然而，我們竟然能夠相遇，
多麼神奇。
相愛，
就是這麼神奇。

每一次，展開你的信，便也覺得自己的生命被你展開。

在看不見你的日子，在想念你的日子，我像一封信，被摺疊著，裝在信封裡，不能呼吸，無法思考。焦急的等待著，被你輕輕的展開。

在櫻花樹下，成為愛的思索者。

有人問我：「我一看見她就愛上了，從來沒這樣愛過一個人，她為什麼不接受我的愛？為什麼不能愛我？」

櫻花開起來的時候，有著震動天地的美好，使我們一見就愛，痴心成為追隨者。

然而，櫻花是為了我們才開放的嗎？

它們只是成就自己的美好，與我們無

關，與我們的愛一點關係也沒有。
你會因為對櫻花的愛，而要求它接受
或回報嗎？
愛一個人，是因為她的美好。
為什麼必須被接受？為什麼必須有回報？

日出是美的，日落也那麼美。

情感的開始是美好的，情感的結束往往卻是毀壞。不是很可惜嗎？

能夠看清生與滅都是自然，愛與不愛也是自然，應該記住相愛時所有微細而珍貴的感動，忘記傷害的痛楚與忿怒。

才不枉費我們生而為人。

好好愛過一場。

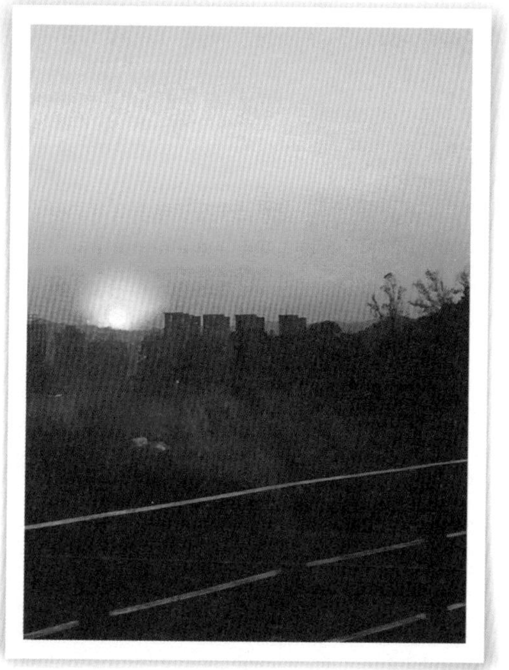

生活中太多的平凡瑣碎，使我們忘記了。

就像山中的叢林與雲霧，遮蔽了清澈的溪流。

直到我們攀到山巔，俯看山谷，原來，溪流一直在那裡。

原來，愛一直在那裡，滋養著我們。

謝謝你愛我，而我也一直愛著你。

這一次，我們不要忘記。

你是愛我的，

就像我一直愛著你。

當我們發自內心的稱讚另一個人，也就
誠心誠意的發掘並肯定了對方的美好。

愛一個人，就從讚美開始。

會讓愛人更可愛，自己也更討人喜愛。

愛情像徒手運沙。

你會發現一件很微妙的事：怕沙子流失，愈緊張，手抓得愈緊時，到了終點，一打開手，發現沙子變得很少。反之，愈是緩慢，不要用力掐著它，反而可兜住最多的沙子。

愛情也是如此。不要緊緊抓著，給對方空間，有更多的縫隙，讓更多的新鮮事物進入，讓彼此在愛裡可以呼吸、成長。

其實，這還有另一個譬喻：不管怎麼兜著愛情，走到最後都會流失。只是流失得多或少，而已。

愛上一個人是直覺的、本能的、動物性的。

但失去一個人，則是哲學的、精神上的修行與鍛鍊。

學會怎麼失去，愛情就沒有什麼困難了。

在愛的路途上，當然有失望和傷害，
但，把自己保護得那麼好做什麼？
受傷之後的復原，其實也是很喜悅
的呀。

我覺得人生和愛情本就不是甜的。
深刻愛著一個人甚至有點苦。
因為愛情當中總有些痛苦、失落、惆悵，種種，都是愛情獨一無二的風貌。

哪怕很愛一個人，
也要保留住自己作主的權利。

在愛戀時，我們應該自信而謙卑。
這自信是你愛我或不愛我，都不會改變我的價值。
這謙卑是因為平凡如我，竟能得到你的理解與執摯愛。
當我們真心愛戀著什麼，
哪怕只是一朵花，也會感覺到它的巨大，與自身的渺小。

雨後放晴，庭院裡的燈都亮了。

我等待的人仍未出現，而我一點也不著急。

雨後草木的氣味；暮色飄忽的氣味，乃至於等待的獨特氣味，都是我日後記憶裡不可或缺的，

愛的摺頁。

未經等待，何敢言愛。

年輕的時候覺得，
愛，一定要有結果。
現在發現每一天，當我起心動念，
覺得我是愛著這個人的時候，
就是最好的結果。

愛本身是沒有傷害的，
但是不成熟的人，
肯定會用它來傷害自己和別人。
於是受傷的人說：「愛讓我遍體鱗傷，非常痛苦。」
愛，常常背負罪名，
卻是真正無辜的。

我們的愛情觀，

就是我們的世界觀。

假如沒有你的允許，不能說愛，
那麼，至少我可以說喜歡，
是的，我喜歡你。
你快要忘記我，
而我就來了。

# 我愛樹

小時候不想待在教室裡，頑皮的男生就把我帶到後山的樹林，我們爬上樹頂，俯看整座校園。

原本巨大無比的校舍、操場，那些總是做不完、做不對的演算，突然之間，都小得像一個模型了。小巧、可愛、幾可亂真，隔著遠遠的距離，那些威脅都消失不見了。

我在樹的環抱下，獲得一段夢幻的逃脫時光。

爾後，我總到自然裡尋求療癒，也總能獲得。

喜歡燈塔可能因為離海很近，可能因為有了燈塔，行船的人便不孤單。

可能是我喜歡燈塔的一明一暗，明的時候覺得光亮，暗的時候得以思量。

美好的關係與情感都該是這樣的，一明一暗，像呼吸一樣，長長久久。

目黑川上的夜櫻很美，一陣風過，把落櫻吹到水面更讓人怦然心動。那是繁華過後，無怨無悔的墜落，皈依於寧靜。

藉著這個寧靜的時刻，告訴自己，那些坎坷與哀愁都會過去的，而我們必須享受每一個當下的美好。

因為這美好，往往也是稍縱即逝的。

在我們心中，常常會留一個位子，給某個特定的人。當他坐下來的時候，世界瞬間圓滿了。

他長久的坐著，我也想坐在他身邊；他坐坐就走，我便開始想念。

你是否為誰保留了一個位子？

有沒有誰總為你保留一個位子？

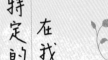

我是一棵秋天的樹，奮力伸展著，只是試圖向路過的白雲，探詢一點點，一點點你的行蹤。

我是一棵秋天的樹，只能一貫的守候。結成鮮豔的果，陽光下已經成熟，仍不肯墜落。

有個孩子說：「秋天感覺好淒涼哦，
葉子都落了。」
但我愈來愈喜歡秋天，夏季的諠譁
之後，可以稍稍鬆弛一下，該擺落的就擺
落掉吧。

落葉之後的樹木，才能見到線條之美，

去了柔和卻多了力量。

尤其在將夜未夜之際，燈光漸次燃亮。

美得剛剛好可以寫一首詩。

並不是繁盛才美，
凋零也有詩意。

下雨了。

這是二十四節氣中的「雨水」這一天的雨啊。

雨水之日下雨，就表示整年都會風調雨順的吧。

大自然比人可靠多了，該怎麼做就怎麼做。人的心意一改，想怎麼做就怎麼做。

我願以自然為師，當一個信守約定的人。

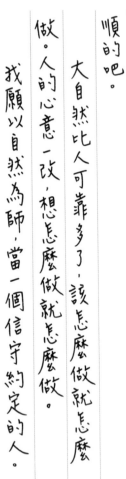

走自己喜歡的生命道途就好，不用設限，迷惘也是正常的，最後一定能找到適合過日子的方法。

這是時間的禮物。

並不建立在血緣關係上，一飲一啄，才是一個家。

常常一起吃飯的，就是你的家人。

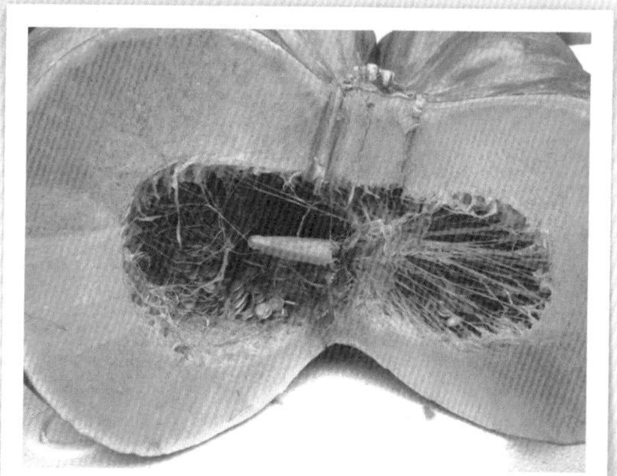

對一個人說「再見」，或是決絕的說出「不想再見面了」這樣的話，都不是困難的事。

然而，在心中與一個人真正告別，卻是很不容易的。

告別之後，悲傷也變得平靜了，可以繼續走下去。

告別，是必要的。

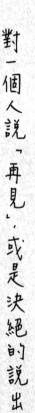

喜歡散步的人，
其實是喜歡生活中
微小發現的人。

今天的「漁人碼頭」有很特別的天光，
柔和的透著靛藍色，適合散步與吹風。

你愛我或不愛我，
都不會改變我的價值。

黃昏的木棧道上有人隨性躺著，仰望天空，如此自在。我很想對那些困在狹小的井眼裡明爭暗鬥的人說：

「放自己一馬吧。到外面的世界看看，這樣遼闊美麗的世界，看見的都是你的，卻也都不屬於你。還爭什麼？」

「造一條橋，從我這裡，到你那裡。」
雖然是簡陋的吊橋，依然美麗。
橋的盡頭並不是你，而是一片森林。充滿潮濕如淚的氣息，纏繞難解的謎語。
遠方隱隱的雷聲，我卻毫不遲疑的出發了。
因為這是夏天，因為愛的緣故。

我很喜歡台北植物園，裡面有許多老樹，那些垂藤攀蔓，層層疊疊，像不可言說只能纏繞的心事。

看著植物四季的變化，對情感與人生也有更深的體會，添了許多年歲，仍有著勃發的初心，卻也有著從容的自在。

植物園，依舊是我對這城市的戀愛。

年少時喜歡去植物園看夏天盛放的荷花，如今更喜歡秋冬的殘荷，明明枯萎了卻還迎風挺立著，池中讓出更大面積，映照著藍天與白雲。

冬日荷池，對我而言不是蕭瑟，而是自在與生機。

大雨降落前的夜晚，車燈照耀在漆黑的山路，一個轉彎，照見了潔白的海芋，美得令人驚歎。

就像在人生道途不期然遇見一種知心的默契，怦然心動，卻不留戀也不回首，只怕一切是夢。

有些人走過陰暗的谷底，或是與死亡錯身之後，才發覺世界的美好，慶幸活著的幸福。

我卻時時發自內心的禮讚，只是偶爾瞥見車窗外夕陽裡的路樹，彷彿也向我展現著神諭，那細細碎碎閃動的金黃，璀璨的光。

冬日的漂流木直立排列著，像沙灘上的骸骨，竟有一種莊嚴。

有時候我們覺得自己是軟弱的，像沙灘，卻別忘記，支撐著我們的那些力量，使我們可以站立起來，展現貴重的勇氣。

時間是不斷改變的東西。
對忙碌的人來說，它太少；
對無聊的人來說，它太多。
和喜愛的人在一起，它太快；
和討厭的人在一起，它太慢。

面對真正在意的事，一秒即是永恆；
面對無意義的事，再多也只是虛擲。
雖然我們擁有鐘錶，時間卻不斷改變。

「當所有人在關心你飛得高不高時，只有少數人在關心你飛得累不累，這就是好友。」

那些為你的病而焦慮的；那些為你的委屈而不平的。

那些值得深愛的，好朋友。

他們是你肩上的翅膀，讓你高飛尋夢，安全降落。

你也喜歡看電影嗎？

不僅喜歡電影，我還喜歡電影院。

不管外面的世界如何，電影院是個隔絕的空間，好安全。

尤其是電影開演之前，我們都相信將看到喜愛的故事，就像相信自己會幸福；這次遇到的人是正確的，那樣的美好。

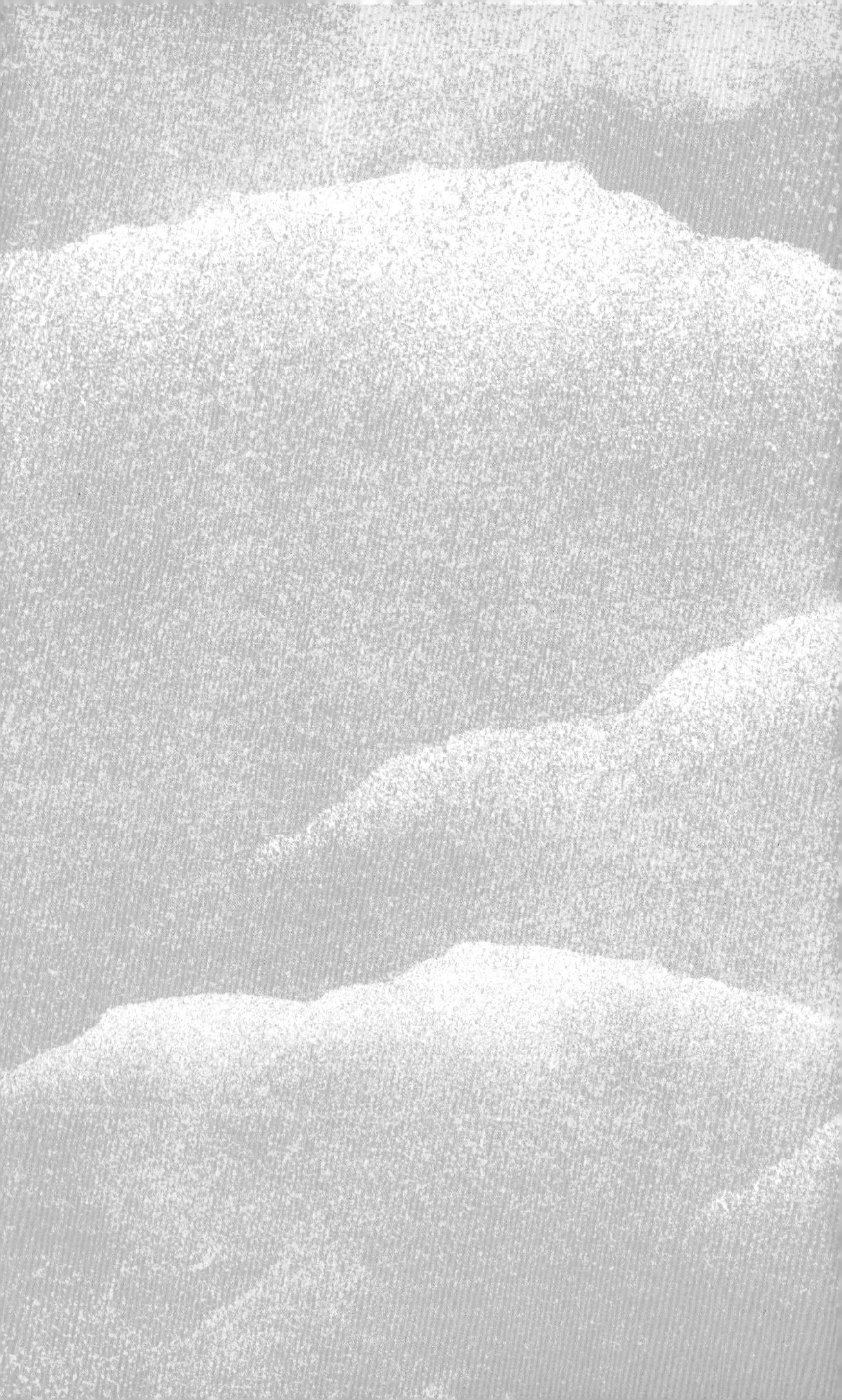

今晚香港起大霧，我在高樓窗邊看見霧行迅疾，心中感受很深。

人生的飄忽無常也是如此，變化往往只在瞬息之間。

因此我們能擁有的也僅是短暫的瞬息，千萬不能把一切擁有視為理所當然，下一秒有可能失去。

我這樣告訴自己。

每一天都在改變，每一天都有失去，
我願牢牢記住所有美好的相遇。
哪怕只是一朵花的開放。
每一朵花的開放，
都不是無緣無故的。

一直喜愛紫陽花，尤其為它命名的是白居易。

鎌倉明月院的紫陽花藍得很經典，被稱為「明月院藍」。

晴朗時看花很美，雨中潮潤的花更令人心動。

啊，人生當如紫陽花，晴雨皆好。

當我登上階梯，來到平台，便看見一條寧靜溫柔的大河。

這是我的故鄉，卻是我初次見到的風景。原來，對自己的故鄉，我所知甚少。住在有河環護的城市裡，被水潤澤滋養著，是很幸福的呀。

我在心中頂禮，感謝河。

花開成簇，水聚為川，依舊是寂寞。
唯有在花與水交映的剎那，
花因水而清麗，
水因花而澄淨了。
人生大抵也是如此，
即是到最後，花謝水枯，
仍不肯忘記，那一場初初的緣起。

# 終於明白了

這不是勸世文。
這不是勸世文。
這不是勸世文。

書裡許多文章都是我在臉書上的貼文，觀察著我的臉書動向的朋友說：
「只要妳貼的是勸世文，按讚數就爆增耶。」

「我哪有貼勸世文啊？」我很難將自己的人生領悟與勸世文聯想在一起。

「不是勸世文？那是什麼？」朋友竟然不饒不歇。

「那就是，領悟……以及分享。」我說得坑坑疤疤。

「所以就是勸世文啊。」毫不客氣的被結論了。

很多事年輕的時候真的是不明白的啊。

終於明白的時候，已經不年輕了。

曾經我們都是小孩，
是什麼讓我們長大了？
真的只是歲月嗎？

我不喜歡志得意滿，盛氣凌人的人；也不喜歡意志消沉，負面思考的人。

從日本小心翼翼捧了一只盤子給好友，用靛青勾出草葉的輪廓，再用亮金綴上一片葉子。

不管沉潛或是高飛，就像這盤子一樣，有著低調的光輝。

「做人要帶一點秋意，
繁華落盡見真淳。」

好友寄來摩天嶺的甜柿，個大、鮮艷又甜蜜。

「就是成熟得太晚了。」好友說。

正因為成熟得晚，才能蘊藏著歲月中的甘美滋味。

我漸漸更有耐心，去等待一切晚成的熟甜滋味。

大柿晚成。

大事晚成。

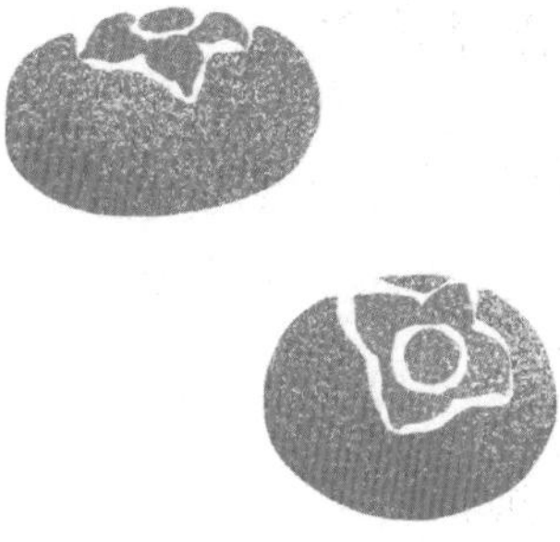

「真正的修行，是讓每個靠近你的人都很舒服。」這句話我是贊同的。

不委屈自己，不勉強別人。

真正的修行，先讓自己成為一個快樂的人。

年紀愈大愈發現，快樂既不膚淺也不容易，要對抗好多挫折與低落啊。

快樂修行，是大功課。

因為我沒有大智慧，成不了大事，只好做小事。

卻總像做大事那樣的做著小事，因此常被人取笑：「又做傻事了。」

可是，做傻事的時候，我們不是很快樂嗎？

做傻事的人，是快樂的。

有一天，總會有那麼一天，
我們看著大家熱烈爭取的東西，無
動於衷。
於是知道，別人想要的，不一定是我的
追求。
淡定了，也就成長了。

只要認真付出過，哪怕只有一天，就是實際；如果沒有，即使花開月滿也沒有任何意義。

就像別人的生命，看起來再美好都是別人的。

重要的是自己認真活過的人生，那才是我的。

飛機降落前，因為氣壓的關係，
我的耳朵和頭顱暴痛，痛到幾乎尖叫出聲。
而後看見了扭曲變形的保特瓶，突然明白了。
當我們的內在承受極大壓力時，身體為我們抵擋一切，
讓我們受到保護，避免痛苦。
一直都是我們虧欠了身體，身體默默忍受一切。
應該感謝我們的身體，為我們做出的承擔。
當我們感受到身邊有人正面臨極大壓力時，
請送上一個溫柔的擁抱。

唯有不甘願被粗糙瑣碎馴服的人，

才能馴服生活中的粗糙瑣碎。

老朋友真的太重要了，
老了以後還能坐在一起，
笑談那些愛過的、錯過的，
以及愛錯的。
看一條歲月的河從面前流淌而過。
妳和你，說好囉，
老的時候要一起坐坐。

年紀大一點，會愈來愈篤定，
清楚知道什麼才是最重要的。
孔子說：四十而不惑。
不惑的意思，不是對任何事都沒有疑惑，
而是對自己的人生更篤定，
知道什麼東西是該追求的，什麼是別人覺得很重要，事實上對我們卻一點也不重要。
人活到後來，就是有智慧去分辨兩者之間的不同，
而人生的快樂就在於此。

我坐在海邊，避開烈日的陰涼處，
海風帶來安定的涼爽與乾燥。
我想，人雖然生而孤獨，卻不會是全
然的孤獨，至少，我們還有自己。
除非，把自己也弄丟了。
我沒有太高遠的目標與追求，只願我
和我自己，始終在一起。

每個人的臉孔都不一樣，卻常常被侷限在同樣的框框裡。

在意著別人的眼光，配合著主流價值，沒有勇氣突破與冒險。

我們看起來都不一樣，為什麼勉強過著一樣的生活？

拿掉框框，才能活出自己。

與自己的和解，
隨時可以發生，
這才是真正的和解。

每個人的心靈都有通關密語。

「做你自己就好」，直通我的心靈深處。

曾經，我一直想要改變自己，符合別人的期望，卻有人告訴我，做我自己就是最好的狀態。

做我自己，也是最可愛的時刻。

我想，那是一種無條件的愛吧，才能愛著真實的我。

不聰明、不美麗、不完美，但我只想做我自己。這就是我的通關密語。

每個背影都訴說著生命的故事。

不知道我的背影透露了什麼樣的過往？

背影，是留給別人看的，生命，卻是自己深刻體驗的。

我相信只要盡力過好每一天，就能留下一個好看的背影。

如果這個世界，

不是我們要的樣子，

那就去造一個。

哪怕只是一個，小小的世界。

我們有時被往昔的魅影纏繞，總是感覺它的巨大與自己的無助。

等到準備好了，回頭與它面對面，才發現那魅影其實已是一座廢墟，並且，都過去了。

心裡有火苗的人，

便不懼怕寒冷。

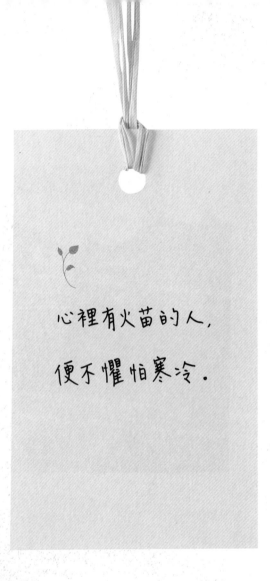

年輕時總是想擺脫陰影，迎向光明。
多年後才明白，有陰影的世界，才有層次；
有陰影的時刻，才能把世界看得清楚些。

還好我沒有放棄我的人生，
無論得到與否，都要追求。
現實力量很大，會把人往下拉，
我們一定要堅持往上。

睡下是容易的，睡著是不容易的；

安靜是容易的，安心是不容易的，

安心的睡著，真是至福。

與其抱怨別人留下一個爛攤子給你，
導致你無法將事情順利完成，不如試著
運用自己的能力，把一個爛攤子，做成一件
好事。

如果眼睛還不太花，就靜靜的閱讀；
如果腿腳還算靈光，就快快的行走，
繼續嗅聞季節的氣息，凝視光影
的移動，
感謝每天在生活中的遇見與感受，
好好活著。

寫給10年後的自己

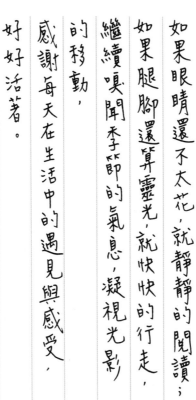

如果愛一個人，不管是親人、情人或朋友，就要讓他知道。

愛的秘密藏在樹洞裡，是沒有意義的。

與其日後遺憾：「沒來得及表達。」

不如現在就告訴他：

我愛你。

你對我非常重要。

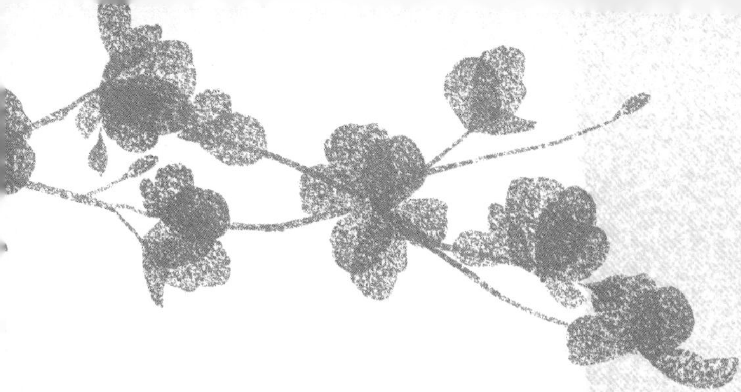

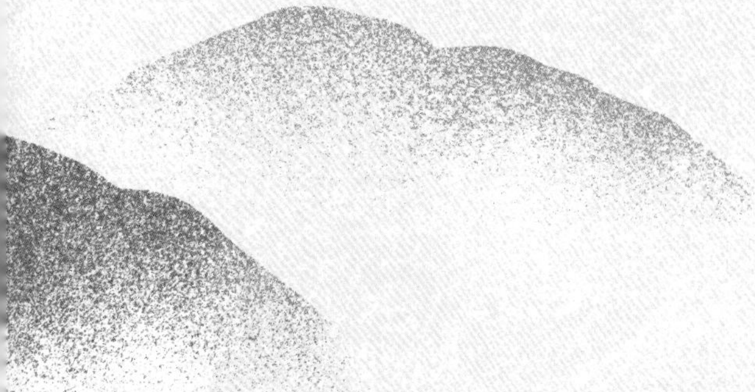

當我提筆寫下你
——你就來到我面前


作者　張曼娟
責任編輯　林秀梅　張桓瑋
版權　吳玲緯
行銷　闕志勳　吳宇軒　余一霞
業務　李再星　李振東　陳美燕
副總編輯　林秀梅
編輯總監　劉麗真
發行人　涂玉雲
出版　麥田出版
城邦文化事業股份有限公司
104 台北市民生東路二段 141 號 5 樓
電話：(886) 2-2500-7696
傳真：(886) 2-2500-1967
發行　英屬蓋曼群島商家庭傳媒股份有限公司城邦分公司
104 台北市民生東路二段 141 號 11 樓
書虫客服服務專線：(886)2-2500-7718、2500-7719
24 小時傳真服務：(886)2-2500-1990、2500-1991
服務時間：週一至週五 09:30-12:00・13:30-17:00
郵撥帳號：19863813　戶名：書虫股份有限公司
讀者服務信箱 E-mail：service@readingclub.com.tw
麥田部落格：http://ryefield.pixnet.net/blog
麥田 Facebook：https://www.facebook.com/RyeField.Cite/
香港發行所　城邦（香港）出版集團有限公司
香港灣仔駱克道 193 號東超商業中心 1 樓
電話：(852) 2508-6231　傳真：(852) 2578-9337
馬新發行所　城邦（馬新）出版集團【Cite(M)Sdn. Bhd】
41, Jalan Radin Anum, Bandar Baru Sri Petaling,
57000 Kuala Lumpur, Malaysia.
電話：(603) 9056-3833　傳真：(603) 9057-6622
E-mail: services@cite.my
書封設計　林小乙
內頁設計　陳采瑩
印刷　前進彩藝有限公司

2017 年 1 月 3 日 初版一刷
2023 年 8 月 16 日 二版二刷
定價 380 元
ISBN 978-626-310-493-8





當我提筆寫下你／張曼娟著 .-- 二版 .-- 臺北市：麥田出版，城邦文化事業股份有限公司出版：英屬蓋曼群島商家庭傳媒股份有限公司城邦分公司發行，2023.08
面；　公分 .--（張曼娟藏詩卷；6）
ISBN 978-626-310-493-8（平裝）

863.55　　112009268